深夜叢書社

柴田獨鬼
shibata dokki
句集

あかときの夢

あかときの夢❖目次

カバー写真
Zvonimir Atleti
装丁
髙林昭太

句集

あかときの夢

柴田獨鬼

あかときの
夢偸まるる
牡丹かな

二〇二三年

ごぶさたの神様ばかり初詣

門松のなくて年神迷ひをり

書初めの今年の墨を褒めて欲し

愛日や生きて甘露の日和欲し

夢の世の愁ひ芳し梅月夜

デスマスク若きままなる多喜二の忌

涅槃像いまも昔も夢のごと

春淡く身ほとり白き薄暮かな

一冊の重さ計りて春の人

啓蟄や人と生まれし摩訶不思議

三月の海へ崩るる砂の城

身の丈はこんなものです土筆んぼ
いづこより来たる記憶や桜まじ
散る花のあの世この世に倦み疲れ

永き日を洗ひ流して仕舞風呂

たましひの雫のやうに春の月

春宵の鏡に荊《いばら》刺してみむ

いつ撮りし遺影や春の香りして
われもまた遺児と呼ばれむ彼岸過
この春はそつと溜息つくやうに

老体の身ぬちに春を秘匿して
異端とは身のうちにある春の景
春うつつためらひ傷も夢の中

うつし世のレプリカめきて春の日は
隣室の声聞こえくる春の真夜
山笑ふ一村ありし頃のこと

新しき夏きて古き駅舎かな
衣替ふ昨日のこころ仕舞ふよに
額の花古き鏡にけふの貌《かほ》

甘辛を超えて螢よ死螢よ

死螢に教へられたるいのちかな

螢火の指の間《あひ》より漏れ零れ

途絶せる夢のさきゆく螢の火
啞蟬の悉皆未完夢の世は
夢の世の萍ほどの自由欲し

夏の月回転扉のその先へ

わが夏へ躓きの石そこかしこ

偲　貞松瑩子（二〇一六年七月一四日没、享年八十六）四句

負の海に風紋ひそと夏ゆふべ

註・貞松瑩子第一詩集『風紋』、第三詩集『負の海』。

薔薇咲きて薔薇好きの人想ひけり

忘恩を指折り数ふ薔薇の棘

まなうらの人と観てゐる揚花火

この穹《そら》の墜ちくるまでの星祭
訪ねゆく異界の扉木下闇
酷暑にもめげぬ幽鬼の街と村

平仄を揃へて李白冷し酒
八月の空は明るきまくらがり
葎草挽歌の響き誰《た》がためぞ

蓮の実のとんで此の世の息通ふ

汝《なれ》であり我であること万年青の実

あしたへの郵便配達赤とんぼ

あきあかね夢より零れ舞ひゆけり
風紋のなかの一粒暮の秋
葬送も受胎もありて流れ星

黄落や遺稿のごとく散り落ちて

二〇二一年

初日かな明日の見えぬ観覧車

日延べして神を待たせし初詣

日なたぼこ止まつたままの腕時計

夢うつつ独語驚く日向ぼこ

白鳥や巫《かむなぎ》の舞みるやうに

葱畑真白き夢を育てむと

節分や親しき鬼のなくはなく

軒借りて梅の香もらふ俄雨

ぽつねんと空席のある余寒かな

啓蟄やなべて此の世のいのち着て

分らねど分るふりして金鳳花

塩辛きおのが髑髏《どくろ》や桜漬

この坂の黄泉平坂めく落花

わが夢の幸《さち》も恙《つつが》もかぎろへり
亀鳴きて声なき声の賑やかさ
春光を散らす手鏡地《な》震《ゐ》やまず

春光やいのち優しき死者生者

記録より記憶恐ろし春の地震

ぼんやりと人と生まれて生きて春

春風に吹かれ古書肆の特価本

わが死面《マスク》われは見られず春の夢

春の夜の我に謀叛のおのれかな

あかときの夢偸《ぬす》まるる牡丹かな

こどもの日生まれ来ぬ子の年数ふ

人殺む夢魔襲ひくる五月闇

三《さん》線《しん》の歔《な》いて歔かれて慰霊の日

梅雨寒や未生の頃を懐かしみ

夢にみる夢のなかまで梅雨夕焼

夢に入り夢より出づる初螢

死螢やうつし世の水苦ければ

つひの日の螢の声をまだ聞かず

父の忌の螢火ひとつ眼裏《まなうら》に

たましひの重さ量りて宵螢

風そよと夢魔なつかしき竹の花

丸文字や四角四面の夏見舞

剝げ落ちし夢のかけらや黒揚羽

三界を旅するやうに黒揚羽

夏蝶のゆきてかへらぬ静寂《しじま》かな

丑三つの目覚め重たき夏蒲団

しかうして彼の世この世へ虹かける

昼寝覚夢にまみれし枕抱き

原爆忌核なき日まで鶴を折る

身の丈の暮らし愛しや原爆忌

八月のラヂオの時報正午《まひる》来て

ひぐらしや此の世の道を踏み迷ひ

新月や見舞ひ叶はぬまま逝かれ

ふぞろひの白桃ふたつそれでよし

秋暮れて無用の人の此処にあり

うつし世をまあるく掃きて秋小寒

秋しぐれ我に似てゐる水鏡

夢の世の夢見るまでの赤とんぼ

自画像のやや歪みゐて秋斜陽

さざれ石さざれのままに秋の暮

秋夕焼あしたの我が身ふと想ふ

宵の月妬心のごとく冴えかへる

生まれきて風を見にゆく芒原
芒野の風に吹かれて独りかな
露草の色を拾ひて独りなる

返り花常住坐臥の身ほとりに
神留守やわたしのゐない日曜日
散る紅葉こゑなきままに暮れにけり

消え残る熾火の夢や寒の暁

一年を悔いて障子の埃かな

大漢和辞典枕に冬眠す

遠火事のいのちのごとき炎《ほむら》かな

冬の坂わたくしごとを背負ひつつ

冬の月にんげんといふ病得て

薄墨の楷書のやうに冬の虹
雪明り生者の夢に死者のこと
白紙には戻せぬ頁日記果つ

除夜詣思はぬ人に遭ひにけり

うつし世の
ものみな揺れて
水陽炎

二〇二〇年

初鏡いのちのしづく映すよに

啓蟄の異界結界覗き見る

首縊る高さに小さき芽吹きかな

陽炎を見てから後《のち》を考へる

幻燈機映すものみな昭和の日

指先のむかうに花の気配かな

花筏少《わか》きと老いと我ふたり

うつし世のものみな揺れて水陽炎

屈原の杖残りたる端午かな

卓上の薔薇一輪に見つめられ

黒南風や軍港といふ賑はひに

巣ごもりや梅雨の真中に置くノート

梅雨曇へのへのもへじ睨みくる

死螢の脳味噌覗く晨かな

往還は闇に抱かれ螢狩
素裸のたましひ目覚む午前二時
かはほりの翔んで夕陽に染まる家

朱夏斜陽少年老いて修羅しゆしゆしゆ
歪みゐる夏よルドンの絵のやうに
おのが影見飽きてしまふ夏ゆふべ

短夜を惜しみて独り爪をつむ

香港へつづく空なり日雷

夕虹へ距離をはかりて幾曲り

かりそめを生きて此の世の蟬となり
ひぐらしや身ひとつ分の懈怠着て
秋暮るる貸借表の合はぬまま

秋雨やきのふの我を潤《ほと》びらせ
一葉を落して紅葉《もみぢ》終りたる
紅《かう》葉《えふ》に父祖の萌えたつ檀那寺

おほぜいの独り住みゐる街の秋

秋風をぬんめり纏ふをんなかな

読みきれず古書店ゆきとなる秋陽

秋夕焼われの形の影を踏み
一生の不覚で生まれ老《おい》蝶《てふ》に
朝しぐれ辻褄合はぬ夢に濡れ

立冬やあすを昨日に奪はれて

山茶花や夢の数ほど散る花弁

かの人の名前を知らずず朴落葉

現し世の座り心地や寒卵

内《うち》内《うち》に埋火ありて捨て置きぬ

冬の灯の恋の種火のやうにかな

うしなふを怖れなくなり枯木立
手に軽き冬の陽射しを握り締め
冬の夜や優しきことば忘れゐて

わが身ごと掃ふいちにち煤払ひ

二〇一九年

あの頃はあの頃として年新た

魍魎も丸くなりたる淑気かな

夕霧忌女の家の三面鏡

葱食うて夢の世ばかり想ひけり

諦めは悟りに似たり日脚伸ぶ
一文字や列を崩さずものの言はず
気配のみ残して去りぬ雪女

またひとつ何かを忘れ日向ぼこ

桜咲く弊衣破帽の下駄の音

花便り聞きたきことは他のこと

荒びゆく心こころに蝶の翅
あれこれの貌を隠して春帽子
どの顔をつけて行かうか春の道

人間のままでゐやうか春薄暮
青春に甘き塩味ニヒリズム
影揺れぬぶらんこありて避難地区

苺食ぶ『いちご白書』を読みながら

花は葉に美醜は問はぬ命かな

嫌悪して時に愛して牡丹かな

蕗剝きつ仕舞ひにしたきことひとつ

望郷の傘さしかける大宰の忌

あしたには生れ変らう蛇の衣

朝風呂やゆふべの螢想ひつつ

ちちははを妊みてのちの螢かな

子宮ごと逝きし母へと蟬の声

空蟬やゆきてかへらぬ人と日と
啞蟬や言ひたきことの言へぬまま
タマネギの涙のむかうに見ゆるもの

死神のくぅくぅと夏の空

祭終ふ後悔少し残しつつ

香水に気をそらされて人を見ず

名画座の疵ある映画終戦日

新涼やインク詰まりし青きペン

その前に穴覗き見て障子貼る

君よきみ幽霊花となつて来い

論客の檸檬一顆を置きて去る

夢叶ふ夢より醒めて暮の秋

もみぢ葉やまだ色恋の話など
梟や闇に紛れしもの見つむ
籠もりゐて冬の風鈴鳴らせおく

冬日さす老いには広き四畳半
始まりは終りのとなり大祓

啓蟄や
魑魅魍魎の
呱呱静か

二〇一八年

今生の起承転転初硯

初夢のすぐに忘れし目覚めかな

初弥撒やオルガン澄みて声澄みて

いつもとは違ふ道ゆく梅見かな

啓蟄や魑魅魍魎の呱呱静か

三月や忌日あまたの国に棲み

亡霊もゐたる樹影や桜咲く

修司忌やしまひ忘れし少年期

献体の素肌羞ぢゐる窓に花
めがね欲し暖かき夢見るための
もののけの優しかりけり春の宵

少しだけ体温奪《と》られ更衣

悩みつつ流るる水や大宰の忌

父の日や『砂の器』といふ映画

螢籠空《から》のままにて帰りけり

まだらなる記憶の洞《ほら》や遠花火

人類のあとに来るものの旱星

出郷を強ひられし駅日日花

我向けし誰《すい》何《か》の応《いら》へ蚯蚓の死

ふところへ湯の香しまひぬ藍浴衣

原爆忌背なの痒さに届かぬ手

とこしへに常の日あれよ原爆忌

辞世なぞ思ひ及ばぬ残暑かな

祈る日のつづく八月喜ばず

八月や永久《とは》に昭和を背負はされ

敬老の日明鏡止水遠くあり

一瞬の殺意滾りて石榴の実

書を読めば漂泊の秋身ほとりに

黒雲や留守居も置かず神の旅

落葉掃き伏字のごとき箒の目

平和なる落葉の匂ひ子の匂ひ

放蕩は寒きものなり懐手

巡礼に似たる夫婦《めをと》や咳ふたつ

手袋の片方なくて留守居かな

戦後一桁いくさ知らずの冬帽子

世を疎む我を疎みて風邪ごこち

二〇一七年

元旦や生まれしものは逝けるもの

新日記はじめ小さな嘘をつき

渡邊白泉「戦争が廊下の奥に立つてゐた」あれば

覗きみる廊下の奥や白泉忌

振り返る顔の白さや冴え返る

花の翳幽かな風の異界より

日記にも本音を書けず三鬼の忌

この国の螺旋階段夏隣

違ふ手に抱かれて目覚む迎へ梅雨

香水や壜の底より忘れ物

空蟬のいのち拾ひし夕べかな

ややや軽くなりたる地球蟬の殻

虫干しの古書に手蹟や学徒兵

この国の二世三世原爆忌

終戦日過ぎて亡父の黙おもふ

文弱を誇りとしたき終戦忌

眉月や黙といふ字は重たけれ

隠れゐる素顔見えくる草紅葉

ちらと見てちらと見られし小春かな

小春日や妣の杖の音《ね》聴くやうな

初しぐれ眉細きひと背を見せて

冬の階だんだん高く高くなり

うたた寝の少年少女冬木の芽

さきの世ののちの世のいま開戦日
にんげんを休みたきとき開戦日
あるがまま無きがままなり年つまる

古日記自慢のひとつなき重さ

さいはひはわざはひと似て除夜深む

短夜や
幸と不幸の
はざまにて

二〇一六年

手相見も知らぬ今年の幸不幸

気がつけば白梅の二花三花あり

啓蟄や魑魅魍魎はいつもゐる

あの世よりこの世がこはし花吹雪

原発忌八洲はいまだ地震《なゐ》のまま

陽炎のむかうへ父の靴の音

山吹や細き眉毛を訪ねゆく

月下美人ひとりふたりと数へたり

羅や忘れられたるイヤリング
八月の戦時の真昼影淡し
恋がたき紅葉ばかりを置いてゆき

月落つや赤黄男も来たる寒山寺

雪明りひそと深夜の湯をつかふ

数へ日は末期を待つに似たるかな

二〇一五年

福袋買うて新年福来たか

大塚優一氏の御母堂一〇二歳の天寿を全うす。

母の日や九十九では足りぬ母の齢

短夜や幸と不幸のはざまにて

特攻を育てし校舎風暑し

埼玉・熊谷陸軍飛行学校桶川分教場平和祈念館

虫干やわが人生の干しきれず

躓きて墓石に縋る敗戦忌

目覚むれば本懐遠き枯野かな

雪孕む空の重さや胸の内

大陸の手紙途絶えし寒気団

二〇一四年

今年から遺影に申す御慶かな

夏の日や骨壺《つぼ》の白さに手を合はす

黒雲を仰ぐ少女の浴衣かな

漂泊の思ひ微かに秋の風

「あかときの夢」　畢

あとがき

大学の恩師、小村哲雄先生は詩誌「竜舌蘭」のかつての同人で、詩集『海道』を有する詩人でもありました。十代より詩を書いていた私は、小村先生の研究室で自作の詩を見てもらったり、詩を語り合ったりしておりました。授業で西東三鬼を教えられ、あるとき「君も俳句もやってみたら」と勧められたことがあります。そのとき「やるとすれば俳句よりも短歌の方ですね」と答えましたが、冗漫な私の詩に対して「もっと簡潔な詩を」という先生の助言だったのでしょう。

太宰治の友人で『人間太宰治』の著者である山岸外史の死に際し、試みに「桜桃忌近づくままに外史逝き」という句を作ったことがあります。初めての俳句ということで、先生も少しは評価してくれたようですが、その他の句の駄作ぶりに呆れたのか、それ以後、俳句について先生が口にされることはありませんでした。

社会人となってからの創作活動中断期には、齋藤愼爾氏編集の朝日文庫版『現代俳句の世界』全十六巻をもっぱら俳句案内書として愛読しておりました。

その私を現代俳句の世界へ引き入れたのは、やはり齋藤愼爾氏の句集『永遠と一日』です。「旅芸人の記録」のテオ・アンゲロプロス監督の映画と同じ書名で、かつ「俳句で小説を書く詩人」という野村喜和夫氏の帯文に惹かれて購入した句集でした。野村氏の言葉どおりの多くの句に啓発され、以来、氏のすべての句集を座右の書とし、私の俳句の拠り所として勝手に私淑しております。

＊

あかときの夢偸《ぬす》まるる牡丹かな

句集名は「俳句四季」誌で齋藤氏の特選に選ばれた右の句に因み、二〇一四年の初学の頃から二〇二二年までの三〇二句を自選した第一句集です。

貞松瑩子さんの『最後詩集』や同人誌「らん」の中心的存在である鳴戸奈菜さんの句集『天然』と、敬愛する詩人・俳人の著書を出版している深夜叢書社から句集を出したいという密かな願望がありました。深夜叢書社社主である齋藤愼爾氏と、製作実務と装幀をお願いした髙林昭太氏おふたりのご厚情により、このたび希望が叶うこととなりました。

また、私のいまの句があるのは、旧「港」の皆様や、「らん」（百号をもって今月終刊）の皆様のお陰です。多彩な先輩俳人の皆様からいただいた刺激に私の俳句は育てられました。

また作句を始めて間もない頃、拙い句を読んでくれた貞松瑩子さんから励ましを受けたことが、いま懐かしく思い出されます。

齋藤愼爾氏、髙林昭太氏、「らん」の皆様への感謝と、今は亡き小村哲雄先生、貞松瑩子さんの思い出に、この句集を捧げます。

そして体調すぐれない齋藤愼爾、鳴戸奈菜両氏のご恢復をお祈りします。

二〇二三年一月

柴田獨鬼

柴田獨鬼（しばた・どっき　本名　柴田　稔）

一九五三年　秋田県生まれ、埼玉県育ち。
一九六八年　現代詩の若い人社文学会（仲村八鬼主宰）に入会、詩誌「若い人（のち「新詩壇」に改題）に詩作品を発表。
一九七二年　詩人・貞松瑩子を中心とする、小田原の現代詩グループ「あの会」に参加。
一九七六年　第一詩集『原風景』（VAN書房刊）を刊行。
二〇〇九年　中断期間を挟み、詩集成として『わが埋葬のために』（私家版）を刊行。
二〇一四年　現代俳句協会ネット句会、俳句総合誌等に投句を開始。
　　　　　　俳句同人誌「らん」（発行人　鳴戸奈菜）を購読、投句を始める。
二〇一五年　現代俳句協会入会。
二〇一六年　大牧広主宰「港」入会、一八年同人。
二〇一九年　「らん」同人。「港」終刊。
二〇二三年　一月、「らん」一〇〇号にて終刊。
現　在　　　現代俳句協会会員

句集　あかときの夢

二〇二三年二月二十日　初版発行

著　者　柴田獨鬼

発行者　齋藤愼爾

発行所　深夜叢書社
郵便番号　一三四―〇〇八七
東京都江戸川区清新町一―一―三四―六〇一
info@shinyasosho.com

印刷・製本　株式会社東京印書館

ISBN978-4-88032-477-7 C0092